Un secret

Jeanmival

Un secret
Roman

LE LYS BLEU
ÉDITIONS

À Valérie, ma chance

Les noms des entreprises et des personnages de cette histoire ont été inventés.

Paris... 1981

Le bruit des enfants dans la cour retentissait à l'intérieur de ma chambre. Le plus difficile, ce matin-là, n'était pas d'ouvrir un œil mais de me lever.

À travers les petits carreaux de ma fenêtre, le haut visible de l'arbre me rappelait que nous étions à la fin de l'automne, l'hiver s'annonçait déjà.

Certaines personnes qui vivent à la campagne pensent souvent que les citadins ne reconnaissent plus les saisons. Pourtant, ceux qui y habitent vous parleront des oiseaux qui chantent dans les arbres, des premières feuilles du printemps, de la chaleur de l'été, des feuilles qui tapissent nos trottoirs, des frimas de l'hiver et ses longues nuits éclairées annonçant Noël.

En descendant dans la rue, je me dirigeais vers le marais, un quartier dont son nom suscite souvent une certaine curiosité.

Les premières gouttes de pluie battaient la chaussée, les passants recroquevillés semblaient indifférents. J'étais plutôt habitué à cette ambiance, d'ailleurs pour l'avouer, j'aimais particulièrement cette routine du matin.

En rentrant dans le café, j'étais loin de me douter que tout ceci ne durerait pas…

Une rencontre inattendue – I

L'odeur de la salle m'enivrait. L'alcool, le café et le tabac se mélangeaient avec les parfums et la sueur. Je rejoignais la table où Jean-Philippe m'attendait.

Nous étions employés ensemble dans une grande maison de décoration rue de Rivoli. Depuis peu, nous étions devenus amis, la musique nous avait rapprochés au hasard d'une conversation. D'origine antillaise, il était toujours d'une humeur agréable, plaisantant souvent, tout le monde l'appréciait, sauf peut-être le chef du magasin qui était tout son contraire.

Je dégustais mon café, deux croissants m'attendaient.

« Tu es affamé ce matin, railla mon collègue, c'est l'envie folle de prendre des forces pour travailler ? Je sens là le futur premier vendeur !

— Rigole, je suis juste prévoyant, quand il commence à faire froid, je me charge en calorie.

— Je pense plutôt que plus tard tu seras obèse si tu continues comme ça. »

Pendant que mon ami me moralisait sur ma boulimie, mon regard se perdit au fond de la salle. Un homme me fixait, j'en éprouvais un malaise, mon regard se détournait vers mon ami.

« Oui papa ou peut-être je peux t'appeler le nouveau mage-voyant de Saint-Paul.

— Ne rigole pas de ça frère, justement cette nuit, j'ai rêvé du magasin !

— Donc ce n'est pas l'âge, peut-être les symptômes d'une vieillesse avancée !

— Bon, j'ai compris, on y va, dit mon ami découragé. »

En sortant dans la rue, je ne pus m'empêcher de regarder derrière moi, non sans m'apercevoir que cette personne avait disparu, sa place était vide…

Une rencontre inattendue – II

Le froid me saisissait, Jean-Phi se faufilait entre deux passants, je regrettais déjà la chaleur douillette du café. Nous traversions la rue, quand une voix familière nous appela :

« Alors, les gars, toujours en retard.

— Non, monsieur Paul. On a juste froid ! répondis-je tout en m'orientant vers l'entrée du magasin. »

Monsieur Paul était un des plus vieux employés du magasin, il installait, comme à son habitude, les pancartes de publicités qui ornaient les trottoirs juste devant l'entrée ; il ne craignait pas le froid, imperturbable, il rentra tranquillement dans l'établissement.

Nous étions déjà passés à la pointeuse en concédant un simple salut au chef du magasin qui, posté tout près, surveillait les retardataires.

Pour éviter toutes remarques, nous nous dirigeâmes vite vers le sous-sol, notre domaine, un lieu plein de poussières et de papiers déchirés.

« Bon, les asticots, il va falloir vous dépatouiller pour me ranger les allées du fond, reprit monsieur Paul qui nous succédait dans la descente.

— Pas de problème. On s'y met tout de suite répondit mon collègue. »

Monsieur Paul n'avait aucun titre, mais nous le respections d'autant plus qu'il nous pardonnait tellement de facéties que nous lui obéissions sans arrière-pensée.

On s'enfonçait dans la première allée, je pensais à lui et je restais pensif. Comment pendant toutes ces années n'avait-il pas eu envie d'ailleurs ?

Comment avait-il résisté ? Le temps me paraissait tellement important, je me voyais m'évader de ces murs, dès que je le pourrais.

« Tu sais Jean-Phi, tout à l'heure au café, un type me regardait bizarrement.

— Normal, t'es mignon… tu connais le quartier, quand même !

— Je suis désolé mais il ne me fixait pas pour rien, j'en suis certain et je ne pense pas que c'est pour me draguer, tu aurais vu son regard.

— Écoute, d'accord, admettons que cet homme ne te fixait pas pour rien. Qu'est-ce qui l'aurait empêché de venir t'accoster ?

— Tu as raison, laisse tomber. »

L'interphone de l'étage résonna dans la réserve.

« J'y vais, ça va me changer les idées, lançai-je à mon collègue. »

En reprenant l'escalier, j'essayais de penser à autre chose. C'est là qu'en traversant la salle du rez-de-chaussée, j'aperçus l'inconnu.

Je m'arrêtai net, il vint vers moi :

« Bonjour monsieur, je me présente, monsieur John Mitchell. »

Il parlait avec un fort accent américain, décontenancé je balbutiais un quelconque bonjour. Il reprit dans un improbable français :

« Ne soyez pas surpris de moi, je veux vous rendez-vous.

— Je vous connais ?

— Non, mais je pense que je vais vous *interesting to me… I'll beg your pardon in french…* vous in-té-ré-sser de moi.

— Sûrement, je vais déjeuner en face à midi, sinon je finis à dix-neuf heures.

— OK, je viendrai. »

Il tourna les talons et disparut dans la rue.

Je ne me sentais pas très à l'aise, je n'aimais pas ce mystère.

Je repris mon ascension vers le premier étage…

Un hiver 1945

Cette rencontre m'angoissait plus qu'autre chose. J'en avais fait part à mon complice, il bloquait sur le rendez-vous amoureux ! Comme d'habitude, il me disait de me méfier.

À midi, l'homme m'attendait au café, il me fit signe. Le bar où l'inconnu et moi étions attablés était déjà, bien enfumé, mon interlocuteur face à moi semblait plus gêné encore.

« Je ne sais pas comment commencer cette histoire… »

Il parlait toujours dans un français approximatif. « Il commençait en m'expliquant qu'il était citoyen américain, de passage à Paris. Il revenait sur les traces de son père David Mitchell. Juste avant de décéder, celui-ci lui dévoila une partie de son passé. »

Son ton était plus grave, presque intimiste, habillé d'une gabardine, il avait un look année 50, avec ses cheveux plaqués un peu décalés, on aurait pu imaginer être dans un film avec Bogart.

18

« Pendant l'hiver 1945, son père se trouvait à Paris. Il y passa des nuits formidables, selon lui. Tellement formidables qu'il rencontra une jeune Parisienne, Lise. Elle habitait le quartier du marais et travaillait comme femme de ménage.

Il se retrouvait souvent, à danser, à boire pour fêter et oublier cette guerre qui s'achevait. Un soir, il l'emmena dans une chambre d'hôtel et là, ils eurent une relation enflammée comme il y en a tant eu à cette époque. Les jours passaient, son père revoyait souvent cette femme.

En février 1946, il recevait son ordre de retour aux États-Unis. Il lui restait un mois et demi en France avant de repartir. Sur le moment, il en fut très heureux. Il ne se rendit pas compte tout de suite de la tristesse de sa jeune amie. Les fêtes se succédèrent et les nuits enflammées aussi.

Un matin, elle se réveilla en pleurs, il la prit dans ses bras et lui promit de revenir dès qu'il serait démobilisé. La nuit d'après, elle recommença et de la même façon, le soldat réitéra ses promesses. »

Je restais suspendu à l'histoire que cet homme me racontait sans vraiment me rendre compte du temps qui passait. Lui, continuait son récit tellement précisément que chaque détail paraissait si important à ses yeux. Après une pause où il dégustait son café, il reprit la partie de son récit qui lui paraissait la plus importante.

« Une semaine avant le départ de son père, la jeune femme lui dévoila une conversation qu'elle avait surprise chez sa patronne. Celle-ci avait reçu son frère, un riche banquier, pour le déjeuner et pendant le repas le pressa de trouver rapidement une solution. Intriguée par cet entretien mystérieux, la jeune femme entendait toute la causerie par le soupirail de la cuisine. Elle entendit parler de la cave, d'argent caché, de documents confidentiels et surtout d'incitation à la plus grande prudence. »

« Vous reprendrez autre chose ? »

Surpris par le serveur impatient, l'américain déjà mal à l'aise laissa transpirer un « no » sans équivoque. Je le sentais agacé, il reprenait néanmoins son récit.

« Le militaire américain sentit qu'il y avait un coup à faire. Ils échafaudèrent un plan et se donnèrent rendez-vous station du métro Saint-Paul. Le plus improbable dans l'histoire, c'est que, celle-ci ne vint jamais. Son père attendit pendant plus d'une heure, se douta que quelque chose d'étrange se tramait. Mais le soldat américain prit peur à quelques jours de rentrer chez lui. Il expliqua plus tard à son fils que celui-ci ne voulait pas être mêlé à une affaire qui l'aurait empêché de rentrer au pays et le pire, peut-être, l'envoyer directement en prison. »

Et là, s'arrête une partie de l'histoire…

Je ne sais pourquoi je continuais à écouter cet étranger, sûrement la curiosité, mais il m'intriguait, je me demandais ce qui le motivait à s'adresser à moi et je choisissais ce moment pour lui poser la question. Il me fixait un moment puis il me racontait que trois personnes l'avaient intéressé.

« Les trois compères du sous-sol, bien sûr », son choix s'était porté sur moi le plus jeune. Loin d'être crédible, je m'en contentais laissant mon interlocuteur finir son récit.

Il était impensable de comprendre qu'à leur époque, les réactions étaient souvent prises avec une soudaineté incroyable.

« Des raisons, son fils pensait qu'il en avait beaucoup. Tout aurait pu s'arrêter là si son père n'avait pas eu cette lettre. De sa poche, il sortit une enveloppe un peu jaunie. Lors du décès de son père, il y a deux mois, il l'avait récupéré au moment de la succession. Ce courrier, il l'avait lu, relu et il le connaissait si bien qu'il lui était très facile de m'en donner la teneur. De plus, en la retirant de son enveloppe, je m'apercevais que le texte était en anglais, sauf la date du 17 avril 1946, pour le reste, mon érudition en anglais ne dépassait pas les jolis mots décrochés aux touristes étrangères.

La jeune femme expliquait qu'elle avait eu peur qu'un homme la suive et elle n'avait pu se rendre au rendez-vous. Lise avait trouvé plusieurs dossiers dans la cave mais pas d'argent. À la lire, ces documents devaient être importants. »

Il était impossible de réaliser que cet homme, qui ne me connaissait pas, pouvait se confier autant à moi. À ma réaction, il s'apercevait que je ne le suivais plus. D'un coup, il approchait son visage de moi et me dit d'un air désespéré :

« J'ai besoin de vous. Il reprit en essayant de me persuader que, d'après ses propres recherches dans le bâtiment voisin, j'étais le seul susceptible de trouver quelque chose. D'un signe de désapprobation, je le remerciais de s'être intéressé à moi mais je ne pouvais lui être d'aucune utilité.

Ce que selon lui, je me trompais, je pouvais sûrement retrouver les documents cachés dans le sous-sol du magasin. »

Perplexe, je restais sans réponse.

Sans attendre, je me levais et me dirigeais vers la porte. Surpris, il resta sans réaction et ne me suivit pas.

Interrogation

Le lendemain matin, je me retrouvais seul dans la réserve, tout en réfléchissant à l'entrevue d'hier, je ne pouvais empêcher ma curiosité. Sans trop y croire, je me dirigeais vers le couloir d'archives, celui qui se trouvait le plus proche de l'immeuble voisin. Là au fond après un mur de dossiers dans une rangée pleine de poussières, un mur de briquettes bien jointes formait une séparation. Un bruit derrière moi arrêta mes recherches.

« Alors jeune homme, on s'est perdu ? »

Je reconnaissais la voix de Mme Schoenberg la directrice du magasin.

« Je me suis trompé d'allée, je crois, répondis-je tout en m'orientant vers la rangée précédente.

— Ce n'est rien Michel, moi aussi je me trompe souvent. Dites, pendant que je vous tiens ! Auriez-vous vu les cartons de la nouvelle collection Primerose ?

— Oui, elle se trouve en bas de l'escalier, à côté du bureau d'emballage.

— Ah ! ce n'est pas vraiment sa place, j'en parlerai à monsieur Paul. »

Elle se retourna et se dirigea vers l'escalier, non sans avoir laissé l'odeur de son parfum.

Je le reconnaissais, c'était le même qui flottait dans les couloirs du vieux théâtre du châtelet. Le même qui exhalait des manteaux de fourrure de ces dames bourgeoises de Paris.

Je repris mes recherches sans conviction, bien conscient que plus de trente ans s'étaient écoulés depuis cette histoire et que les aménagements successifs avaient dû bien changer le décor de cette époque.

J'abandonnais plus avant mes investigations, en me disant que tout ceci ne me concernait pas, je n'avais de toute façon aucune idée de la forme de ce que je recherchais et aucune envie d'être mêlé à tout cela.

« Comment va le p'tit gars de la rue des martyrs ? »

Je reconnaissais tout de suite la voix de monsieur Paul, avant que je me retourne, il reprit :

« Je sais que tu es passionné par les livres, veux-tu venir avec moi pendant la pause de midi, je vais sur les quais, voir un vieil ami. Tu verras, il est très intéressant. »

Me voyant hésiter, il reprit une dernière fois comme un matador portant son coup de grâce :

« De plus, je paie mon jambon-beurre ! »

Je ne pouvais m'empêcher de sourire en m'apercevant que je n'avais pas eu le temps de dire non, et que l'affaire était entendue.

Paris… 1982
Retour sur les quais

Les curieux étaient nombreux, ce jour-là, sur les quais de seine, peut-être à cause du soleil qui pointait son nez en ce début de printemps.

Je n'étais pas revenu depuis ce mois d'hiver où monsieur Paul m'avait emmené. Lors de cette dernière visite, il m'avait présenté un exposant dont son casier et ses livres étaient au-dessus du lot.

Monsieur Paul avait pris sa retraite au mois de février et c'est vrai, revenir ici c'était un peu le retrouver. L'antique bouquin que je feuilletais m'attirait quand une main se posa sur mon épaule.

« Bonjour jeune homme, serait-il possible de vous parler ? »

Je reculais par surprise.

La voix et l'accent me rappelaient l'étrange américain de cet hiver.

« On se connaît ?

— Non, nous avons un ami commun. Mais avant, je me présente Jérémy Breathwait, attaché à l'ambassade des états unis. On peut faire quelques pas ensemble. »

J'acquiesçais. C'est sur déjà le nom ça vous fait un titre, j'étais impressionné.

« Vous êtes bien monsieur Michel Ruiz, et sans me tromper vous avez été approché par monsieur John Mitchell, une histoire originale, non ?

— C'est vrai, je ne vous cache pas que j'ai été assez étonné, encore plus de son silence.

— Et pour cause, monsieur Mitchell a été tué ! »

Il sentit le coup porté, j'accusais le coup mais mon visage me trahissait. En ne comprenant pas le silence de Mitchell, les mois passants, j'avais commencé à faire le chemin de l'oubli.

L'américain reprit :

« Je comprends votre étonnement mais j'ai besoin d'éclairer certains points avec vous… »

Une autre histoire

« Vous savez John était un ami d'enfance, très riche. Son père avait fait la guerre en Europe et en revenant il avait spéculé sur le pétrole en investissant des sommes colossales, cela lui a réussi tellement que John son fils n'a jamais travaillé.

Des études, oui, d'ailleurs, c'est là que nous nous sommes rencontrés, j'aimais son côté désinvolte.

Je suis un peu hypocrite, je le conçois car je ne respectais pas ces fils à papa sans scrupules. Néanmoins, une amitié s'est tissée entre nous et toutes ces années nous ne nous sommes jamais perdus de vue. Mais l'hiver dernier après la mort de son père il ne m'a plus donné de nouvelles. Le vingt février, la police m'a appris le décès de John des suites d'un accident de voiture.

— Vous me dites qu'il a été tué ?

— Yes, oh oui, après enquête la voiture qui l'a renversé ne s'est pas arrêtée !

Selon les témoins, c'était intentionnel. »

Un sentiment de stupeur m'envahissait, je reprenais inquiet :

— Et vous me dites qu'il était riche ?

— Oh oui extrêmement, reprit l'homme intrigué, cela vous étonne ?

— Je ne comprends pas, encore moins pourquoi ces recherches, il était venu me voir pour des documents pouvant l'intéresser.

— Je pense que l'argent n'a rien à voir. Je suis sûr que tout a un lien avec les évènements pendant et après la guerre.

Tout près, des badauds, le long des quais, prenaient leur temps comme une insulte à tous ces gens pressés.

Mon interlocuteur s'était accoudé contre le parapet entre deux casiers.

En le regardant, je trouvais surréaliste de penser qu'un petit homme comme moi puisse intéresser tant de personnes.

« Je disais donc sa mort n'est pas anodine.

— Attendez, comment avez-vous appris ma rencontre avec monsieur Mitchell. »

Il sortit de sa poche un carnet noir.

« Votre nom apparaît sur celui-ci laissé sur son secrétaire, dans lequel il relate toute sa petite enquête.

— Ah ! fis-je étonné.

— Oui, vous étiez comme son chaînon manquant, je pense que votre refus l'a incité à suivre d'autres pistes.

— Qui se sont avérées dangereuses ?

— Sûrement, maintenant dans le carnet de John. Il y avait un rendez-vous avec un certain monsieur Paul le vingt-sept mars.

— Mais c'est passé depuis dix jours, coupai-je.

— Oui, je m'y suis rendu et il n'y avait personne dit l'attaché évitant le suspense. »

Tout de suite, j'eus un pincement au cœur, le souvenir de mon ancien collègue me hantait déjà. Il n'avait pas quitté le magasin que déjà il manquait à tout le personnel. Pas un jour ne passait sans que quelqu'un ne me parle de lui. Mais ces derniers temps, cela s'estompait du fait de son absence et de l'oubli.

« Bon monsieur Ruiz, nous devrions continuer cette conversation à mon bureau car je suis persuadé que cette histoire est loin d'être finie. Êtes-vous prêt à me suivre ? »

J'hésitais, mais l'absence de monsieur Paul m'intriguait. J'acquiesçai et lui emboîtais le pas.

L'enquête Breathwait

Le bureau était aménagé dans un ancien hôtel du 8e arrondissement.

Breathwait était assis derrière un authentique bureau empire, il sortit une grande enveloppe d'un des tiroirs, puis se tourna vers une armoire disposée dans son dos et attrapa un dossier volumineux avec le nom de son ami dessus.

« Pour commencer, je vais vous parler d'un ami à vous.

Monsieur Paul Marcovici plus connu sous le nom de monsieur Paul. Il n'est ni plus ni moins que le frère de la petite Française qui plut tant au père de mon ami John. »

À ce moment, il leva la tête, sûr de son effet, mon étonnement devait être à la mesure de la nouvelle, car il sourit légèrement.

« Au début, je me focalisais sur monsieur Paul dans mes recherches. En fait, je m'aperçus que David Mitchell, le père de John, était revenu en France au mois de juin 1946. J'ai retrouvé sa trace dans les dossiers de nos renseignements. Je pense qu'il était revenu pour elle.

Mais Lise Marcovici, identité de notre belle Française, se retrouvait quelques jours plus tard dans la rubrique nécrologique, elle avait été découverte en bas d'une chambre d'hôtel à Montparnasse, la jeune fille se serait suicidée ! »

Les mots me manquaient, c'était comme un mauvais coup. La gentillesse de monsieur Paul à mon égard était-elle feinte, la présence de ma patronne le jour de mes recherches dans la cave du magasin calculé ?

« De plus, reprit mon interlocuteur, vous ne trouverez rien dans la cave du magasin !

— Mais comment savez-vous ?

— C'est là qu'intervient votre collègue ! »

Monsieur Paul

À travers la fenêtre du bureau, j'apercevais un vieux marronnier. À sa vue, mes souvenirs d'enfance me revenaient. En classe, je laissais souvent errer mon esprit et j'adorais regarder les arbres dans la cour d'école. Comme une porte sur un autre monde, un désir d'ailleurs jamais contenté.

Mon hôte avait repris son récit :

« Je pense que monsieur Paul a vengé sa sœur !

— J'avais une telle confiance et il travaillait depuis si longtemps au magasin ! Mais ça ne prouve rien, c'est sûr !

— Sauf que Mme Schoenberg n'est autre que l'ancienne patronne de Lise, monsieur Paul a eu tout le loisir de faire ses recherches. »

Abasourdi par tant de révélations mais encore une fois je me demandais en quoi j'étais concerné !

Breathwait reprit :

« Les documents, il les connaissait très bien et il a tout fait pour les récupérer nous en avons la preuve. Malheureusement, nous avons un souci.

— Lequel ? je reprenais pour ne pas perdre le fil.

— La teneur de ces documents n'est autre que le brevet d'un moteur révolutionnaire à eau, il est certain qu'à l'époque on ne s'embarrassait pas et en 1946, le voyage de David Mitchell ne fait aucun doute.

Le but, récupérer les documents volés par Lise Marcovici et l'éliminer pour étouffer un programme qui risquait de nuire à toute la production pétrolière.

Toutes ces questions resteront sans réponses si nous en restons là. »

C'est là que, à partir de ce moment, j'ai eu vaguement l'impression d'être visé, manipulé, intrigué et surtout paumé.

« Nous ne pouvons rien faire, il nous faut une taupe, comme vous dites les Français. Quelqu'un qui peut nous donner des renseignements sans attirer l'attention. En complet accord avec les services de l'intérieur français, si vous voulez tout savoir. Personne ne veut faire de vague, juste connaître la vérité. »

Sortant de ma surprise dans laquelle m'avait plongé cette histoire, je repris :

« Excusez-moi monsieur l'attaché mais quel est mon intérêt ? »

De là, je vous épargnerai la longue tirade moralisatrice et financière qui s'en suivit, d'où ma réponse positive, emballé par le petit pactole.

En sortant du bâtiment, je fus éblouie par la lumière dense de cette fin de journée.

Je ne savais pas où reprendre cette histoire la proposition de Breathwait était intéressante.

En même temps, ma curiosité grandissait, il fallait que je revienne au point de départ…

Nouvelle rencontre

Quand je pénétrais dans le café Saint-Paul, des souvenirs me revenaient, en quelques mois ma vie avait pris une voie qui ne me désintéressait pas.

J'avais l'impression de ne plus vraiment être le même. En revenant dans cet endroit, j'étais sûr de reprendre le fil de cette histoire.

Je me dirigeais tranquillement vers une table, la serveuse me reconnaissait et me souriait quand une voix jeune m'interpella :

« Monsieur, monsieur, s'il vous plaît… »

Je me retournai et aperçus une jeune femme plutôt svelte, entrant derrière moi.

Je fus surpris, son visage me rappelait quelqu'un de plus vieux !

— Oui !

— Excusez-moi, monsieur, j'aimerais vous parler !

— À quel sujet ? répondis-je d'un air méfiant !

— Je suis la petite nièce de monsieur Paul, Juliette Marcovici.

— Ah d'accord !

Je m'asseyais à une table pour mieux cacher mon étonnement.

Un groupe de jeunes filles en goguette pénétrait dans le café en faisant grand bruit, ce qui me permit de reprendre mes esprits.

« Et où est monsieur Paul ?

— Bien, je ne sais pas du tout. Par contre, ce que je sais, c'est que je ne peux plus garder cette histoire pour moi et c'est pour ça que je suis à votre recherche. » Elle s'était assise face à moi.

« Mais pourquoi moi ?

— Écoutez, je fais des recherches sur ma famille depuis quelques années. J'étais là quand Mitchell est venu vous rendre visite !

— Ah alors là ! Pff, J'fatigue !

Un sourire inondait la face de mon interlocutrice.

— Je peux comprendre, moi-même j'arrive à bout. J'ai besoin de me reposer sur quelqu'un de confiance.

— Mais que savez-vous enfin ?

— Un secret qui a miné notre famille comme une malédiction, et là moi j'ai besoin de savoir. »

La serveuse s'approcha de la table avec un grand sourire :

« Je vais prendre un café et vous ?

— Un monaco s'il vous plaît ! »

Je me tournais vers cette jeune fille, j'étais impatient d'en savoir plus et admiratif de son aplomb.

« Tout a commencé il y a deux ans, à la fac d'histoire pour ma première année. J'ai voulu faire fort et je me suis lancée dans l'étude d'un exposé sur la vie des Français sous l'occupation. Dans cette étude, connaissant vaguement l'histoire de ma famille, je me rapprochais de ma mère sachant que celle-ci habitait Paris depuis longtemps. Elle me raconta l'histoire de ma grand-mère, ainsi que la sienne quittant la capitale précipitamment au début du conflit pour se réfugier dans notre famille à Lyon. Donc pour moi rien ou pas grand-chose ! À part peut-être la panique sur les routes de France. C'est là que ma mère rajouta.

« Y a bien la sœur et le frère de maman, la tante Lise et l'oncle Paul, mais alors !

— Je pense que tout a commencé pour moi à ce moment précis. C'était une véritable quête car la seule chose que ma mère m'a apprise c'est que la tante Lise était présente à Paris au service d'une famille bourgeoise dans l'arrondissement du Marais pendant les évènements et qu'elle s'était donné la mort après la libération dans un hôtel minable. »

Ma mère s'arrêta dans son histoire puis elle me dit tout net : « Si tu veux savoir, vois ton grand-oncle Paul ! »

N'ayant aucun contact avec cet homme, ma mère m'envoyait dans une impasse. J'ai donc, après recherche, retrouvé mon grand-oncle, celui-ci m'a donné tous les détails, lesquels, je pense, vous connaissez déjà.

Moi, en l'écoutant, je me disais qu'elle avait surtout besoin de se confier. Elle avait tout du mystérieux Paul avec une jolie frimousse en plus.

Je commençais à trouver ma mission agréable. Elle reprit :

« Je suis revenu plusieurs fois ici pour le rencontrer et c'est comme cela que je suis tombé par hasard sur votre conversation au café avec ce Mitchell, le rapprochement fut simple, j'en fis part à mon grand-oncle. Il me dit qu'il ne savait rien, mais ma curiosité dépassa mon exposé et voilà où j'en suis maintenant. »

La petite Juliette continua en me narrant ce que je savais déjà. Jusqu'au moment où elle s'arrêta, prit une grande respiration et me dit :

« Maintenant, il faut que je vous montre la fin de mes recherches. J'ai peut-être la solution de toute cette histoire… »

Elle se leva d'un ton solennel puis me regarda et me supplia comme une prière : « Voulez-vous me suivre ? »

En fait, je n'attendais que ça et me rappelant la proposition de Breathwait, je ne pus m'empêcher de me lever et de la suivre, doublement intéressé.

L'eau est l'avenir de l'homme

Juliette Marcovici conduisait lentement dans la rue Vaugirard. Elle gara maladroitement sa 2CV blanche juste devant un petit immeuble moderne.

Je la sentais nerveuse et même dans ses gestes, un peu peureuse. Ça présageait un terrible secret !

Les escaliers de cet immeuble étaient vétustes, rien à voir avec la façade de l'immeuble. Quand nous pénétrâmes dans l'appartement une odeur de renfermé exhalait dans les pièces.

« Je ne suis pas souvent chez moi ces temps-ci, vous m'excuserez… »

J'opinais du chef et suivais la petite nièce de monsieur Paul dans un salon où d'épais dossiers couleur havane trônaient au milieu d'un capharnaüm de papiers et photos, gisant sur le sol et tout ceci devant un vieux bureau.

« Voilà tout est là, mes deux ans de recherche !

— Mais pourquoi cet acharnement vous auriez pu passer par votre grand-oncle !

— J'ai essayé de le faire. Mais ce que j'ai appris m'a emmené sur d'autres chemins.

— Je ne sais pas comment je pourrais vous aider !

— Vous allez comprendre. »

Elle reprit sa respiration, un peu exténuée par la montée de l'escalier :

« Il était bien à la recherche du tueur de sa sœur.

Au plus profond de lui, il était convaincu que le soldat américain l'avait tué.

On ne retrouvera jamais les documents que ma grande tante avait, semble-t-il, dérobés !

Étrangement, l'enquête de police a été rapide en accréditant un suicide ! Pourtant, selon le rapport de police, un homme était sur les lieux et le signalement ressemblait fort à notre américain !

Après pour la raison ou le mobile, j'ai dû chercher dans des archives d'avant-guerre pour comprendre.

Le mari de Mme Schmidt, née Schoenberg, n'était autre qu'un ingénieur fortuné spécialisé dans la mécanique. Celui-ci avait déposé, en 1936, un brevet passé presque inaperçu d'un moteur à eau pour l'industrie. Mais des problèmes financiers importants ont fait qu'il dut vendre l'usine de ses parents. Bien lui en a pris car les alliés l'ont rasé pendant la guerre.

Selon toute vraisemblance, cette invention ne lui a pas fait que des amis !

Car il disparaît en 1944 dans des conditions encore inconnues, laissant à sa femme un immeuble rue de

Rivoli que vous connaissez d'ailleurs et ce fameux brevet.

Grâce à l'aide des banques Schlumm, elle se lançait dans la décoration d'intérieur, une initiative couronnée de succès.

Le prêt était considérable, selon les courtiers de différentes banques que j'ai rencontrés, une contrepartie a dû être demandée.

Le brevet a disparu de la circulation et n'est plus répertorié aux archives des inventions.

— Oui, cela a dû aider grandement dans l'opération ! reprit Juliette. Mais c'est là où tout devient intéressant, la banque Schlumm n'est autre que l'associé financier de la société State Oil au Texas, un des plus gros producteurs de pétrole aux États-Unis !

— Dites-moi Juliette, David Mitchell faisait bien ses affaires dans le pétrole ! »

Je me prenais au jeu, cette fille m'emmenait dans cette enquête, je la trouvais organisée, acharnée et concise tout ce que je n'étais pas !

Au diable Breathwait et ses services secrets ! Je trouvais beaucoup plus emballante la façon dont cette jeune femme menait son affaire.

« Oui et c'est là où grand tonton qui n'avait pas les mêmes informations sur la transaction que moi s'est lamentablement trompé. Mitchell n'était pas plus amoureux que ça de ma grande tante et State oïl il connaît !

Il en est un des actionnaires, il aurait pu récupérer les fameux brevets tout en se débarrassant d'elle. »

Breathwait avait raison.

« J'ai voulu parler à mon grand-oncle, mais quel étonnement quand il m'a repoussé et sermonné en prétextant que c'était de l'histoire ancienne, en gros ce n'étaient pas mes oignons. Sur ce, j'ai feint d'arrêter là mes investigations, tout en continuant à poursuivre mon enquête. Mais là, j'ai été surprise quand il m'a recontactée… »

Chassé-croisé

L'appartement était sombre, très froid pour cette jeune femme.

« La première chose qu'il m'a dite, c'est de vous contacter en cas de problème !

— Bien et pour quelle raison, repris-je étonné.

— La raison je ne l'ai pas, la seule chose que je sais, c'est qu'il était angoissé, presqu'en panique. Il me laissa cette serviette que vous voyez là, puis il repartit depuis plus de nouvelles. »

La jeune Marcovici se rapprocha de moi puis attrapa la serviette et me la tendit :

« Vous l'avez ouverte, je pense.

— Bien sûr et regardez. »

La serviette n'était pas particulièrement usée mais elle avait bien voyagé.

Le cuir était épais, à l'intérieur deux dossiers, un feuillet et une lettre jaunie par le temps.

Le premier dossier contenait des coupures de presse françaises et américaines.

Le deuxième un plan qui devait correspondre à un moteur, des annotations et un document administratif. Le feuillet était écrit en américain, le document administratif n'était autre qu'une demande de visa non remplie.

« Vous croyez que votre grand-oncle est mort ? »

Je ne sais pourquoi j'avais sorti cette phrase mais c'est à ce moment qu'on frappa à la porte.

La petite détective, méfiante, se leva :

« Oui, à quel sujet ?

— Un colis, la poste ! »

Elle se décidait à ouvrir. C'est à ce moment que deux hommes pénétraient dans l'appartement, empoignaient la petite nièce de monsieur Paul en la clouant au sol. Prenant mon courage à deux mains, je restais agrippé à mon siège en souhaitant qu'ils m'oublient ! Ils se tournaient vers moi non sans avoir endormi l'infortunée curieuse que je rejoignais rapidement au pays des pommes…

Recherche

« Ça fait quand même plusieurs jours qu'on a pas de nouvelles. »

Jean-Phi était plutôt inquiet, monsieur Paul et maintenant Michel ça commence à faire beaucoup.

« Allo, Jo, c'est Jean-Phi… ouais man.

Dis tu pourrais te rencarder j'ai un pote… »

Il décrit les deux disparitions. Son pote travaillait quai des Orfèvres, entre Martiniquais on ne se refuse rien, celui-ci bien sûr s'efforcerait de le rappeler.

En raccrochant, il se souvint de l'entrevue au bar Saint-Paul. La serveuse ne mit pas longtemps à le mettre au parfum et lui donna tous les détails de la conversation dont l'adresse où ils se dirigeaient.

L'appartement était vide, Jean-Phi, avec toutes ses relations, n'avait pas perdu de temps à retrouver le dernier endroit où son ami avait été vu.

Il redescendit dans la rue et aperçut une connaissance, Elias travaillait à la ville et balayait les trottoirs.

« Comment ça une BX noire... OK deux hommes... »

Elias ne s'était pas fait prier pour aider Jean-Phi Antillais comme lui.

« 1081anh 75, OK Élias tu es un chef, à bientôt ! »

En tournant les talons, Jean-Phi se dirigea vers la première cabine téléphonique venue. Puis en sortant de la cabine, il avait la démarche d'un homme soulagé...

Une raison

« Monsieur Ruiz, comment allez-vous ? »

Je ne me sentais pas de reprendre méchamment, trop facile. Je répondais par un hochement de tête.

Breathwait me fixait, tout en sortant un ciseau.

« Désolé une horrible méprise, mais vous n'étiez pas en bonne compagnie ! »

Plutôt effrayé par l'utilisation de cet outil, je sentais les lames découper mes liens.

« Vous êtes sûr, elle est très convaincante, repris-je tout en me massant les mains.

— J'aimerais être de votre avis mais je pense que vous faites fausse route. Sacré frenchy toujours enclin à s'épancher sur une jolie femme. Elle est loin de tout savoir, elle a été manipulée par son grand-oncle monsieur Paul qui n'est pas un saint, loin de là.

Cette histoire de brevet et d'invention c'est une machination, il y a bien eu des essais en usine exécutés par le laboratoire de monsieur Schmidt mais ça n'a rien donné.

De toute façon, nous arrêtons l'enquête, un chauffard vient de se rendre à la police, pris de remords, Mitchell a bien eu un accident !

Notre intervention brutale était obsolète, nous aurions dû le savoir avant, désolé !

— Ah ben vous pouvez et Juliette comment elle va ?

— Ça va, elle a accepté nos excuses, mais moins de savoir que vous travaillez pour nous !

Elle est partie fâchée.

— Vous êtes gonflé vous me casser la tête et maintenant je passe pour le dernier des salauds tout est raccord. »

Il me regarda avec un air british en me faisant penser à ces matchs de rugby ou après nous avoir mis une raclée. Les rosbeefs nous jettent un « good Game » gentlemen.

Il me tendit une épaisse enveloppe :

« Sorry and good luck mister Ruiz. »

Bon l'air de rien leur histoire de plans et de machin truc c'était trop faux pour être vrai ou le contraire.

Mais là, les théories du complot, je m'en foutais royalement, ce qui m'intéressait, c'était Juliette et qui avait tué la suicidée ?

Mea culpa

Je sortais furieux, mais pas malheureux en sentant l'enveloppe dans ma poche je me suis mis dans la tête de revenir vers chez Juliette.

Ce monsieur Paul avait l'air si bien, si calme, en fait on ne connaît jamais vraiment bien les gens.

Je pris le métro à concorde pour sortir à pasteur presqu'une heure plus tard. Des grèves sur la ligne me retardèrent, je ne peux en vouloir à ceux qui provoquent ces mouvements.

Arrivé en bas de l'immeuble, une voiture grise, la même que celle qui m'avait emmené chez Breathwait la première fois, stationnait sur le bateau devant la porte vitrée ouverte.

Le chauffeur sortant de l'immeuble me reconnut :

« Votre amie est là, tout va bien, dit-il avec un sourire et un accent new-yorkais. »

Sans répondre, je prenais l'escalier et rapidement sonnais à la porte.

Ses yeux noirs et sa frimousse énervée passée, j'en vins à faire mon mea culpa en lui expliquant que sincèrement je prenais la disparition de son grand-oncle au sérieux.

Elle me tomba dans les bras, choquée par les évènements. Son parfum embaumait son corps, elle avait encore les cheveux mouillés.

Je l'attirai fort contre moi pour lui faire sentir mon attachement.

Elle se dégagea en me fixant des yeux puis me posa un baiser sur la bouche, surpris je repris :

« Je suis désolé, j'aurais préféré te rencontrer autrement.

— Non c'est bien, j'aime notre rencontre, dit-elle. »

Je la serrais dans mes bras puis nous nous allongeâmes sur le divan…

L'embrouille

Une odeur suave sucrée embaumait le salon où j'étais allongé.

« Ça va, dis-je en regardant cette fille une assiette à la main.

— Oui, j'ai fait des bananes flambées j'adore ça.

— Ouah tu veux me corrompre, afin d'extirper mes moindres secrets.

— Non, mais d'où te vient ce vocab', on dirait un romancier du 19ᵉ siècle ?

— Ça tombe bien, de toute façon je n'ai pas de secret, sinon sache que, petit, ma mère m'a fait lire tous les bouquins possibles de la bibliothèque rose et verte, tous les classiques de Dumas à Dickens, alors voilà, par moment ça remonte.

— Bon, quel est ton plan pour la suite monsieur le romancier car les ricains, ils ont pris tous les dossiers sur les fameux brevets.

— Ouais comme par hasard, il faut retrouver ton grand-oncle et lui parler de tout ça.

— Tu n'as pas peur qu'il nous envoie sur les roses !

— On verra ! »

Quand nous sortîmes du hall de l'immeuble, j'eus l'impression d'une présence.

Je pris Juliette par la main et lui fis traverser la rue, puis je la plaquais contre une paroi vitréc et l'embrassais tout en regardant dans la vitre qui me reflétait le trottoir d'en face.

C'est là que j'aperçus la silhouette d'un homme que je ne pouvais pas ne pas reconnaître.

« Je ne te connaissais pas comme ça, dit Juliette étonnée.

— En fait, tu ne me connais pas du tout, je vais te laisser, il faut que je retourne chez moi, c'est important.

— Bon si tu veux je suis fatigué, de toute façon tu sais où me trouver ! »

Son parfum me fit presque regretter mon intention, mais je repris mon chemin.

Juliette rentrait chez elle pour se reposer sans se douter que j'allais suivre son grand-oncle.

Face à cet homme que j'avais respecté et apprécié, je me sentais mal à l'aise d'avoir été manipulé.

Tout a une fin...

Il y a un moment dans la vie où tout se définit pour comprendre ce qui a pu nous arriver.

Je ne suis pas très discret pour suivre quelqu'un c'est sûr, il se retourna vers moi avec cet air qu'il avait quand déjà je travaillais avec lui, tête de petit bouledogue fatigué.

« Une vraie tête de poulbot ! commença-t-il d'un air triste.

— Monsieur Paul, vous me paraissez ennuyé, comment avez-vous pu en arriver là ? Si vous pouviez éclairer ma lanterne. Vous savez si sombre sera le récit je suis prêt à vous écouter ! J'ai vraiment envie d'en finir avec cette histoire pour moi bien sûr, mais aussi pour votre petite nièce. »

Ma main dans mon blouson prêtait à d'autres intentions.

« Tu peux laisser ton arme, à mon âge et après tout ce que j'ai vécu !

— Oui en fait, je n'en ai pas. »

Il me sourit et il s'assit sur le banc comme un accusé tout en soufflant terriblement.

« Mon garçon tu n'as rien lâché, hein ! »

Je haussais les épaules.

« Bon et si on retournait où tout a commencé ? »

Sans mot dire, je lui emboîtais le pas, serein, mais sur mes gardes.

Enfin presque...

En rentrant dans notre bistrot préféré, je me demandais si ma vie s'accrocherait longtemps à cet endroit ou si c'était la dernière fois que je pénétrerais ici.

En face de moi, assis, cet homme énigmatique, si drôle d'aspect comme je l'ai toujours connu. Dès les premiers mots, je savais que ce ne serait pas simple pour lui.

« C'est ce crétin de Mitchell qui a tout gâché. Il n'y avait peut-être rien dans cette cave, tout ceci ce n'était qu'un leurre de ma sœur pour que cet américain s'attache à elle et lui revienne. Elle était tellement amoureuse.

Quant au fils Mitchell, je ne suis pas venu au rendez-vous, je savais qu'il était sur de mauvaises pistes.

Maintenant, ce que je vais te dire, je le porte depuis des lustres et je vais me soulager, ensuite je partirai par cette rue et puis je disparaîtrai de ta vie. »

Dans mon esprit, je ne sais pas s'il se rendait compte qu'il n'était plus recherché pour meurtre mais peut-être comme témoin gênant dans une affaire de complot pétrolier, ce qui n'arrangeait rien à son affaire. Nul n'était dupe.

« Ma sœur Lise, je l'ai suivie dans cet hôtel. J'ai attendu puis je suis monté dans sa chambre. Dès qu'elle m'a vu, elle m'a dit qu'elle partirait quand même le rejoindre et qu'ils allaient bientôt se voir. J'ai essayé de la retenir, ce n'était même pas possible, nous avions vécu tellement de choses ensemble, les privations, la guerre, je ne pouvais pas imaginer qu'elle parte si loin et j'avais tellement peur de ce qui pouvait lui arriver, je me serais retrouvé seul.

Mais juste en lui prenant les poignets pour la prier de rester, elle me poussa si violemment que je n'ai pu m'empêcher de la repousser. Son visage, mon dieu, il n'y a pas un jour où je ne le revois pas.

Elle partit en arrière puis bascula par la fenêtre de l'hôtel, je n'ai pas pu la retenir, là pétrifié et entendant les cris dehors je réussis à ressortir sans que personne ne me remarque. C'est là que j'aperçus David Mitchell.

Alors, je m'enfuyais dans la nuit de ma vie avec tous mes remords comme seul cauchemar. »

J'aurais pu me contenter de ce récit.

— Et Mitchell ? Sans vouloir être votre juge !

— Quoi ?

— Bah, c'est quand même dur de croire qu'il était revenu uniquement pour les beaux yeux de votre sœur et vous ne lui en avez pas voulu de tout ça !

Un silence s'installa entre nous deux. Monsieur Paul reprit avec une grande détresse dans sa voix.

« De toute façon, gamin, ce jour-là, je suis tombé avec elle… »

Il se leva puis en me regardant une dernière fois.

Il me tendit la main et me dit :

« Le p'tit gars de la butte, sauras-tu garder un secret ? »

Je ne répondis pas.

Sa main était franche, il se retourna et passa la porte du café, dans la rue il pleuvait, c'est là qu'en le regardant s'éloigner, j'ai cru voir passer une grande voiture noire…

Il n'y a rien de mieux qu'une suite à un roman où l'intrigue continuera à satisfaire nos appétits.

À suivre…

Imprimé en Allemagne
Achevé d'imprimer en mars 2022
Dépôt légal : mars 2022

Pour

Le Lys Bleu Éditions
40, rue du Louvre
75001 Paris